旅之痕

胡美兰旧体诗集

胡美兰

新华出版社

图书在版编目（CIP）数据

旅之痕：胡美兰旧体诗集 / 胡美兰著. -- 北京：
新华出版社，2020.11
ISBN 978-7-5166-5574-0

Ⅰ. ①旅…　Ⅱ. ①胡…　Ⅲ. ①诗集－中国－当代
Ⅳ. ①I227

中国版本图书馆 CIP 数据核字（2020）第 255787 号

旅 之 痕：胡美兰旧体诗集
作　　者：胡美兰

责任编辑：李　宇　　**封面设计：**华兴嘉誉

出版发行：新华出版社
地　　址：北京石景山区京原路 8 号　　**邮　　编：**100040
网　　址：http://www.xinhuanet.com/publish
经　　销：新华书店、新华出版社天猫旗舰店、京东旗舰店及各大网店
购书热线：010-63077122　　**中国新闻书店购书热线：**010-63072012

照　　排：华兴嘉誉
印　　刷：三河市君旺印务有限公司

成品尺寸：175mm × 168mm
印　　张：13.25　　**字　　数：**170 千字
版　　次：2021 年 1 月第一版　　**印　　次：**2021 年 1 月第一次印刷

书　　号：ISBN 978-7-5166-5574-0
定　　价：60.00 元

自序

暑寒四载似绵长，

占尽余时昼夜堂。

漫步云山徉瀚海，

闲谈古史蕴文章。

粗茶淡饭平民酒，

养性怡情日月光。

只为寻得前日事，

平音仄韵苦学忙。

听——

风，吹过田园，彩绘花间；

风，拂过心田，刻下旅痕。

看——

花，开在树上，芬芳艳丽；

花，风摧雨落，挂果尤坚。

昨夜，满树的硕果被摘了，无妨，还有满山的秋意在等。

昨夜，满地的鲜花被折了，亦无妨，还有满园的春色在等。

旅途漫漫，人海茫茫，悠悠我心。

旅之痕，心迹的记忆，自己看看；

旅之痕，足迹的印记，四处走走。

来路，可见，一笑而过；

前路，可期，水宿山行。

2020.11.12 于京

目录

1988.10.1 摄于庐山温泉疗养院

渊明故里

泉鸣竹影醉石溪，
归去来兮苏子题。
乐享闲悠潜栗里，
柴桑桥畔豆苗稀。

原载《诗刊》2019年5月号（上）

1990.9.1 摄于庐山温泉

温泉中学记忆

油油茶圃早读争，
袅袅炊烟午饭蒸。
朗朗书声山水诵，
悠悠回想入溪声。

1993.10.1 摄于北京天安门广场

人民英雄纪念碑

共和国史第一碑，
战火硝烟旗帜挥。
北战南征彰本色，
枪林弹雨赋雄威。
金箔大字潮澎湃，
小楷碑文岳峻巍。
致敬英雄惟景仰，
永垂不朽闪金辉。

1994.3.20 摄于北京颐和园

颐和园情愫

皇家气派贯长空，
云海波光两境融。
烟锁春塘荷映夏，
秋红万木雪白冬。
三山五苑十七孔，
廿六闲情各不同。
夕照冰湖萌旧念，
黑白影像彩青葱。

1994.11.20 摄于北京中国新闻学院肖家河校区

正黄旗甲 1 号

青春梦想树梢飏，
山月江风寄语长。
南北融合初体验，
东西交汇始谙尝。
小清河畔欢歌荡，
百望山间笑语镶。
那日那年曾记否？
时间煮雨解愁肠。

1995.6.16 摄于北京中国新闻学院京原路校区

京原路8号

京原路上数新科，
老将名家授业多。
八角街摊撸串客，
一楼影院曼辞窠。
情长语短松间诉，
换盏推杯草地罗。
岁月平移重组甲，
挨门逐座放离歌。

1996.3.6 摄于北京西郊宾馆

首次采访两会

西郊宾馆委员廊，
文化精英受访忙。
首度孤身上两会，
动魄惊心换提纲。

1997.7.28 摄于北京中央党校苏州街

大有庄 100 号

北宫门侧党学堂，
鉴水平云大有庄。
五步桥边听鸟语，
六合亭畔嗅花芳。
浮雕四壁威严态，
流水花开丽景妆。
前院上工别院住，
悠然自在逸弛张。

1997.11.8 摄于北京香山公园

爬香山

红叶制书签，
掇撷上顶尖。
田畴繁绮错，
古刹缀溪边。
俯瞰西山貌，
香炉侧岭前。
双清别墅远，
史话记心间。

1998.1.31 摄于北京大学未名湖

未名湖

举家徒步未名湖，
冰锁清波塔影疏。
砥砺德行勤勉励，
兼收并蓄治学图。
诗情画意凝博雅，
翻尾石鱼述客途。
宛转停留观水榭，
燕园史苑企伏读。

1998.2.3 摄于北京新华社

拜访恩师刘洪潮

国社之声世界传，
全球报道致精专。
恩师授业高标准，
洞见风云放眼观。

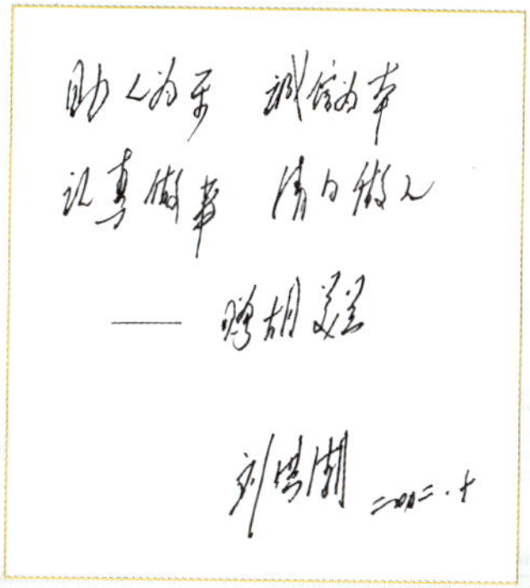

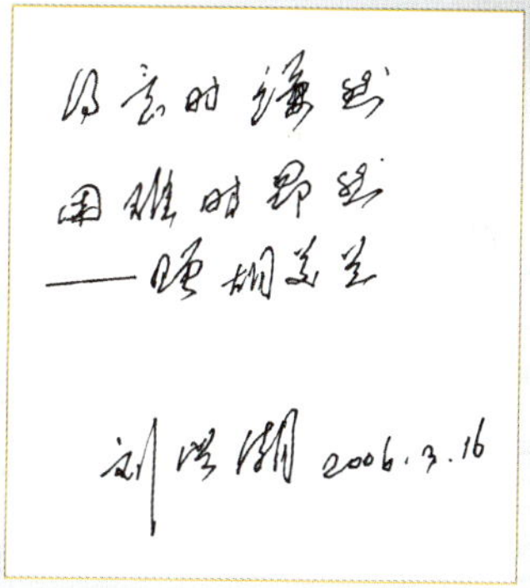

刘洪潮教授先后赠自己著作给学生，并于2002年10月在《震撼世界的十年——二十世纪八十年代重大国际事件纪实》一书和2006年3月16日在《冷观世界风云》一书给学生题写警言。

1998.7.10 摄于平山西柏坡

西柏坡

太行东麓西柏坡，
革命摇篮瞩目多。
浩瀚乾坤迎盛世，
峥嵘岁月九州歌。

1998.8.20 摄于庐山三叠泉

登庐山

姐妹携游牯岭街，
三叠泉畔半停歇。
九层峭壁珠帘坠，
百步云阶天地接。
浅唱低吟溪路走，
莺歌燕舞趣无邪。
耕读岁月长相忆，
最喜儿时过四节。

1998.11.21 摄于苏州枫桥

坐看枫桥

枫桥水畔启苏游，
摆渡船头几度秋。
一叶扁舟酣记趣，
藕花深处斥方遒。

1999.8.10 摄于成都青城山

青城山

诸峰环峙帔朝曦，
西蜀幽岚倚巘崎。
李杜青城沽酒客，
行吟顾步少陵诗。

1999.10.22 摄于厦门鼓浪屿

厦门有约

鼓浪屿之波，
吹弹两岸歌。
翔安穿海底，
古刹立普陀。
云顶衔山远，
光岩映海河。
华侨乡故里，
上下铺豪酌。

2000.8.10 摄于北京《中国食品安全报》

（原名《中国食品质量报》）

五棵松办公区

西四环中路 19 号

肩挑故地五棵松，
奥运之前略闹哄。
五次三番门禁改，
八方六面令规通。
风风火火迎朝旭，
起起伏伏战质工。
印记无痕十五载，
青春热血洒晴空。

2001.1.24 摄于庐山宦里胡

老　屋

六十年代土泥屋，
青瓦炊烟嫩翠竹。
家燕衔泥梁上绕，
牧童短笛响归途。
少年端坐石门槛，
风卷西窗伴耕读。
丫髻山腰藏笔架，
田间地垄月影疏。
胡氏箴言萦耳际，
淡泊名利乃家书。

2001.7.17 摄于敦煌鸣沙山月牙泉

敦　煌

莫高盛夏夜风清，
古道阳关汉武兴。
海市蜃楼空天际，
戈壁画廊老驼铃。
梦里飞天旷野远，
长河落日月牙明。
漫说往岁西行记，
最忆鸣沙大漠行。

2001.7.19 摄于兰州中山桥

中 山 桥

光绪朱批贵铁桥，
黄河天堑第一标。
金城镇远浮桥啸，
丝路明珠纵天骄。

2001.7.21 摄于丽江玉龙雪山

丽　江

天雨流芳醉丽江，
江长水翠古城墙。
瓦屋栉比民族范，
木府四方旅客房。
虎跳峡中寻虎迹，
玉龙雪顶觅龙庄。
白水石阶宽云海，
金沙江面阔沧茫。
家家流水门前过，
户户笙歌绕画梁。
山城之貌幅幅画，
水榭之容处处香。

2001.7.26 摄于西安兵马俑

秦始皇陵

骊山北麓始皇陵，
一统江山万世名。
兵马俑坑惊世界，
恢弘寝殿震文明。
谷峰相问人间事，
草木葱茏地物情。
自视德兼三皇举，
还言功过五帝赢。
陵前墓后千般好，
难换长生不老经。
百代千秋功与过，
史诗宏论任人评。

2001.7.27 摄于西安半坡遗址

半坡遗址

浐河东岸半坡村，
白鹿相依古址存。
母系氏族原始美，
仰韶文化彩陶纹。
农耕渔猎勤劳作，
繁衍生息不老屯。
华夏千秋尊女性，
黄河秦岭见知人。

2004.5.7 摄于黑河五大连池

五大连池

五大连池若串珠，
森林火口冷泉独。
清莲秀水头池睡，
古岛燕山热水突。
地质界隔超亿万，
石塘水草鹤鸣湖。
无风尺浪妍如意，
地火岩峰圣水出。

2005.11.3 摄于北京中央电视塔

中央电视塔

祈年殿式大明风，
探月穿云塔顶登。
影视广播传万里，
坐行环顾老新城。

2006.10.1 摄于昆明石林

石　林

奇石密立古林中，
叠水喷霞绘彩虹。
双鸟渡食承敬意，
犀牛望月恋天宫。
飞禽走兽堪如似，
雨雪风霜鬼斧工。
岩壑松间寻烈女，
千峰不语自从容。

2006.10.3 摄于曲靖苗寨三道坎村

三道坎

苗村三道坎，
歌舞遍田方。
包谷房前挂，
鸡鸭屋后徉。

2007.4.23 摄于济南趵突泉

趵突泉

泉眼涌三窟，
曰名谓趵突。
飞亭叠雾瀑，
院落木扶疏。
杨柳随风舞，
曲廊凹显凸。
观澜思故旧，
清照作诗书。

2007.4.24 摄于泰安泰山

仰望泰山

三皇五帝慕名来，
孔子丘陵咏叹怀。
封禅廿七传盛世，
文豪李杜望吟白。
雄奇险秀观沧海，
五岳之尊竟日开。
直上天门峰万仞，
攀崖百步坐高台。

2007.10.25 摄于大理鸡足山

风花雪月大理情

大理四游情不同，
初识吻面下关风。
苍山顶上飞银碎，
洱海波中赏月明。
三塔庄严倾倒影，
双廊宛媚映芳容。
蝴蝶泉畔迷人眼，
鸡足山前耸玉峰。
短棹泛舟惊乳燕，
金花含笑望阿鹏。
风花雪月春常在，
隐谷幽兰上关情。

2008.4.12 摄于南平武夷山

武夷山

丹霞地貌武夷山，
古大珍多秀木参。
彭祖帅儿疏浚水，
陆游诗话寄苍岚。
九曲溪畔经学讲，
万仞崖前考古勘。
隙缝岩茶峰谷韵，
毗连闽赣采茶酣。

2008.11.11 摄于桂林漓江象山

漓　江

群峰墨染镜中平，
飞瀑流泉相映行。
处处江南承写意，
漓江最是惹芳卿。

2008.11.13 摄于阳朔大榕树

遇龙河答船夫之问

竹筏摇荡遇龙河，
击水穿石绿水涡。
三姐传情榕树下，
阿牛私定和山歌。
榕荫古渡同船渡，
藤蔓虬枝错位罗。
花甲艄公疑自问：
缘何千里踏清波？
岁月无痕轻放下，
简约闲适自婆娑。

2009.9.9 摄于鄂尔多斯响沙湾

响沙湾

银肯响沙湾，
流云漠上翻。
驼峰天际线，
落日洒金滩。
库布齐戈壁，
达拉特帐毡。
清风浮雁过，
沙洗扫尘还。

2009.10.10 摄于长沙岳麓书院

岳麓书院

千年学脉亘绵延，
砖瓦风荷复古颜。
陶侃衫庵藏岳麓，
朱张会讲饮池干。
整齐严肃学规定，
惟楚有材盛赞传。
忠孝廉节宗正脉，
视听言动四箴言。

2011.4.19 摄于西安骊山华清宫

二游华清宫

骊山绣岭晚霞红，
山水唐音鼓瑟空。
老母补天连补地，
幽王只顾醉离宫。
星罗棋布王风范，
一脉温汤亘古拥。
长恨歌扬名四海，
华清宫影印芳容。

2012.10.1 摄于华林繁荣村

新农村见闻

田畈收成自给足，
乐龄巧妇守黄熟。
孙儿三岁塘边跑，
爷奶七旬树后逐。
近水临山通马路，
张灯结彩暖煤炉。
回乡创业村头论，
新岁鸿图业已出。

2013.5.9 摄于成都都江堰

都 江 堰

季春古蜀堰开仓，
水涨闸开自控装。
引灌千年怀太守，
纸田墨稼满都江。

2013.12.15 摄于香港维多利亚港

香港印象

繁华璀璨紫荆花，
维港清流顺势划。
影视笙歌扬四海，
明星大道亮尖沙。

2014.4.19 摄于北海银滩

闲游北海

珠城纵海涯，
月树挂风桠。
五彩滩扑浪，
石螺口踩沙。
礁坪拨绿藻，
峭壁炙红虾。
潮去拾鲜贝，
潮来看浪花。

2014.5.2 摄于青岛崂山

登 崂 山

直攀海岸第一高，
飞步登云少犒劳。
自古游仙多访道，
尔今千仞枕松涛。

2014.6.25 摄于台湾垦丁海岸

台湾之行

从北而南宝岛游，
成人之美记心头。
分宵至味沿街扫，
花果鲜香沁润喉。
海浪惊涛拍岸卷，
洋波逐趁缓洪流。
蓝天绿水毋相论，
华夏传承贯始由。

2015.3.15 摄于漯河许慎文化园

参观许慎文化园之感

字圣孝廉公，
说文解字充。
音形依字义，
点画蕴其中。
心血三十载，
千秋万代功。
古仓颉造字，
汉许慎融通。

2015.3.15 摄于漯河小商桥

小商桥

中原腹地小商桥，
历尽沧桑古拱雕。
隋代开皇初始建，
商王经此序明昭。
凭栏之处悲长啸，
怒发冲冠卸战袍。
天马彩云凝古朴，
手扶饕餮㦸凌萧。

2015.5.10 摄于阿坝黄龙

五彩池

雪域置高池，
当空五彩持。
黄龙天下水，
万古自成诗。

2015.5.12 摄于阿坝九寨沟

九寨沟

万里云天泻碧波，
千条银瀑挂斜坡。
小桥流水交辉映，
蔓叶枝藤绕野泊。
把酒临风听筒乐，
锅庄轻舞蕴鸿博。
鸟翔海底惊石破，
鱼跃云中野鹤歌。
神奇九寨言无尽，
只待重游再续说。

2016.3.13 摄于九江幸福里

烟火人生

雁过长空有迹痕，
鱼翔浅底不摺纹。
朝霞夕露桃源愫，
烟火人生自立尘。

2016.4.11 摄于德国法兰克福
罗马广场老市政厅

法兰克福

铁桥飞架美茵河，
锁住同心浪漫歌。
罗马帝国痕迹找，
沿街中古老楼阁。

2016.4.12 摄于瑞士雪朗峰

登顶雪朗峰

扶摇直上雪朗峰，
草色青青布谷鸣。
翁特赛恩随麓小，
飞流直下闯怀中。
女王密令全球映，
阿尔卑斯世界名。
草场湖泊幽古堡，
日光啤酒醉闲城。

2016.4.13 摄于瑞士琉森花桥

卢塞恩之花桥

罗马时期小渔村，
悠长亘古卢塞恩。
花桥水鸟相行走，
圆塔明灯照路人。
侧卧雄狮伤痛在，
长茅默诉史诗痕。
桥横塔立花间径，
最忆他乡遇故根。

2016.4.14 摄于德国巴伐利亚新天鹅堡

新天鹅堡

白雪化天鹅，
国王幻境奢。
美天堂自建，
梦世界独歌。
睡美人神话，
灰姑娘袅娜。
鹅城鹅堡在，
帷帐倚空罗。

2016.4.15 摄于德国慕尼黑玛利亚广场

慕尼黑

德国南部慕尼黑，
古朴风情壮伟瑰。
宝马香车驰远近，
安联球场竞雄魁。
脆皮猪肘鲜香嫩，
小麦白啤沫漫杯。
山麓湖边观雪月，
乡村城堡避风雷。

2016.4.16 摄于奥地利萨尔茨堡

萨尔茨堡漫行记

粮食胡同访天才，
老莫之家九号宅。
音乐之声拍摄地，
米拉贝尔美名抬。
莫扎特像全城景，
巧克力盒纪念牌。
盐堡风格巴洛克，
音阶荡漾漫楼台。

2016.4.17 摄于奥地利梅尔克镇

梅尔克修道院

登高远眺多瑙河，
蓝色音符跃水波。
九万卷藏书整束，
中世纪手稿包罗。

2016.4.18 摄于奥地利维也纳人民广场

维也纳之游

音乐之都维也纳，
辉煌首冠美泉宫。
花枝摇曳轻歌舞，
草木葱茏浪打咚。
华尔兹王琴雅奏，
茜茜公主粉妆容。
管弦怿悦悠游客，
命运神曲叩响铜。

2016.5.7 摄于庐山真面目

庐山真面目

几度凝眸真面目，
崖高岭耸绿为峰。
云腾雾绕红霞顶，
紫气东来宇贯虹。

2016.5.25 摄于南昌八一广场

八一广场

红军革命第一枪，
响彻云霄启引航。
高耸丰碑原地立，
革新变旧入华章。

2016.5.26 摄于南昌滕王阁

滕王阁

滕王阁序壮其名，
千古文章万世惊。
烟雨赣江云浩渺，
登高领受故乡情。

2016.8.28 摄于庐山桃花源

桃花源

桃花源里觅神仙，
陆羽烹茶汲醴泉。
植杖东皋陶令醉，
衔觞柳下不知年。

2016.9.13 摄于登封少林寺

千年古刹少林寺

中岳嵩山两寺存，
少林永泰对开门。
讲经授法延香火，
练武修禅冠武林。
天地之中通宇宙，
汉唐遗产盖昆仑。
酸甜苦辣卓锡井，
雨顺风调化义仁。

2016.12.28 摄于三亚槟榔谷

槟榔谷

峰峦墨染槟榔谷，
山涧农耕宿木屋。
田野苗家黎韵共，
波隆声浪醉流苏。

2016.12.29 摄于三亚三亚湾

闲嬉三亚湾

鸥掠浅滩腾细浪，
浪击海岸吻白沙。
沙间掩蔽柔芊指，
指绕天涯万树花。

2016.12.30 摄于三亚

南海行

志行高远自纯洁，
勤勉达观互挈携。
玄奘得经石上晒，
黄婆学艺衣被杰。
�溪进士高山岭，
海瑞为官污吏切。
天涯四起东坡颂，
海角风流浪漫节。
椰影波光疏丽景，
人文海岛咏格别。

2017.2.11 摄于北京国家图书馆中文图书区

闲步国图

元宵节日至，
对面国图叙。
信步阅读区，
书墙前凑趣。

2017.3.23 摄于齐齐哈尔双河农场（知青年代房舍）

北大荒成了北大仓

世界第三黑土疆，
松辽流域北大仓。
知青老少来开垦，
土灶寒窑去辟荒。
戮力同心勤谨久，
风调雨顺葆绵长。
京华飞地音河远，
往日情怀满暖房。

2017.4.4 摄于九江丫髻山

清明踏青

清明节气踏田坪，
雾笼吉山远色青。
无间乡音相问候，
音容唤醒梦中情。

2017.5.3 摄于合肥中国科学技术大学

夜访中国科学技术大学

廿二庐州望月升，
淮夷之地子瓛争。
三国故地深情共，
包拯家乡厚义生。
最忆那红专并进，
尤思起校报心声。
恩师大爱今凸显，
流转芳华永不更。

2017.5.10 摄于杭州宋城

杭州旧事

吴越春秋时岁远，
临安首府宋兵专。
康乾塘堰佳言撰，
红顶商人盛誉传。

2017.5.11 摄于嘉兴乌镇

水乡乌镇

枕水人家乌镇幽，
露天草木染坊稠。
画中画舫扶街走，
桥里船头影自游。

2017.5.12 摄于嘉兴乌镇南栅

闲游乌镇四栅

六千年史马家浜，
西北东南四栅方。
世代书香东栅韵，
老街旧貌置南塘。
急停随走追流水，
巧遇迁合驻酒坊。
古镇诗情填画意，
水乡浓墨彩容妆。

2017.5.13 摄于嘉兴南湖

南湖红船

分烟话雨水光腾，
画舫南湖旭日升。
火种燎原初崭露，
红旗遍展九州峰。

2017.5.23 摄于汤阴岳飞庙

汤阴之行

千年古县豫汤阴，
三圣之乡荡水临。
破斧之歌开山作，
邶风悦耳媲东音。
神医扁鹊遗伏道，
武穆岳飞誓抗金。
自古英才多顿挫，
清风明月尚陶欣。

2017.5.24 摄于安阳殷墟

殷墟杂感

鲧禹治河遗故道，
七朝都会始殷商。
文王羑里书周易，
妇好将军讨四方。
甲骨卜辞源汉字，
后母戊鼎誉穹苍。
苏秦拜相临洹水，
赵将廉颇取安阳。

2017.5.25 摄于安阳中国文字博物馆

中国文字博物馆

甲骨惊天下，
文明脉字涯。
千年沿汉字，
万代纂中华。
隐匿中原地，
作宾始考挖。
人生之撇捺，
探路者骄夸。

2017.7.17 摄于青岛奥林匹克帆船中心

三访青岛

东方瑞士名青岛，
即墨齐风演故秋。
巨野曲滕沉历史，
奥帆基地溯方舟。

2017.7.19 摄于烟台蓬莱阁

蓬莱阁

八仙过海踞蓬莱，
求药寻仙始皇来。
沧浪青山崖不老，
长生幻影翥阁台。

2017.7.19 摄于烟台金沙滩

烟台印记

八仙飞渡蓬莱阁，
嬴政三回止海波。
品重醴泉张裕酒，
健康模范国珍歌。

2017.7.23 摄于大连金石滩

大连休假实感

东北小江南，
驱车避暑酣。
童真撷鹤趣，
老少码沙尖。
漫步潮汐路，
出差不等闲。
金石滩度假，
海岸线翩跹。

2017.9.2 摄于洛阳白马寺

白马寺

明帝刘庄梦起源，
声名鹊起在则天。
释源圣地千年事，
马寺钟声万里传。
白马驮经门侧摆，
干漆夹纻寺中旋。
交流互鉴佛家地，
见证文明古刹篇。

2017.9.2 摄于洛阳龙门石窟白居易纪念馆

龙门石窟

青山对峙洛都郊，
伊水横穿古渡桥。
温顺阿难聪慧脸，
老成迦叶奉先骄。
香山居士河边走，
巡幸乾隆送匾昭。
居易堂前诗酒对，
古阳洞里刻石敲。
摆渡摇舟攀峭壁，
南来北往魏碑聊。

2017.9.3 摄于洛阳丽京门

洛阳怀古

邙山洛水第一楼，
四海扬名塈武周。
洛浦秋风萧瑟起，
铜驼暮雨柳桃抽。
十三朝纵谭天下，
二里头华夏序由。
酒祖杜康杯盏意，
天香国色遣顽愁。

2017.9.4 摄于洛阳理工学院（原洛阳大学）

李準故乡寻访记

伏羲画卦孟津彰，
古洛麻屯李準乡。
联倡追思商洛理，
只身寻访睹思长。
珍籍老物陈原貌，
塑像碑文述叹伤。
文化光芒腾万丈，
经年传唱李双双。

2017.11.8 摄于无锡蠡园

忆少伯君

西施范蠡荡轻舟，
叠影层波映古游。
揽胜长廊踱伉俪，
急流勇退止贤谋。

2018.1.19 摄于新加坡国立胡姬花园

新加坡之行

胡姬花四溢国邦，
星月旗高耸倡扬。
一度狮城隔海望，
而今吾自下南洋。

2018.1.20 摄于新加坡国立大学

游览新加坡国立大学

百年国大历沧桑，
六度更章史不常。
导览全程着重墨，
同窗信手解周详。

2018.1.21 摄于新加坡圣淘沙岛

圣淘沙一日游

亚洲大陆最南端，
悬索桥边缀景观。
圣浪淘沙金不换，
闲行迷醉尽撒欢。

2018.1.22 摄于新加坡苏丹回教堂

串访特色文化街

牛车水岸映中华，
古老唐街瞭眼花。
甘榜格南回教礼，
清真寺里外袍加。

2018.1.23 摄于新加坡鱼尾狮

滨海湾之行

空中栈道采缤纷，
鱼尾狮旁赏水喷。
滨海湾边逐细浪，
飞行者上扣天门。

2018.2.21 摄于九江涌塘村

涌塘村

移民小镇涌塘村，
乙酉灾情撼厚坤。
四海帮扶新面貌，
安康共享戊戌春。

2018.3.22 摄于杭州西泠印社

三游西湖

春分翌日泛西湖，
闲听游人说白苏。
桃似云霞梅似雪，
奈何看碧易成朱。

原载《诗刊》2019年5月号（上）

2018.3.24 摄于淳安千岛湖

千岛湖

门泊千岛对山河，
府映清波倒画阁。
舟速横空穿万壑，
鱼急涌浪转千折。
霞菲雾霭朦湖面，
嫩柳青杨绿水辙。
风卷松涛传絮语，
贺城海瑞赋莲歌。

2018.3.25 摄于黄山光明顶

登顶黄山光明顶

匡庐之士拜黄山，
云雾迷蒙似故关。
迎客松前留素影，
廿年夙愿至今还。

原载《诗刊》2019年5月号（上）

2018.4.9 摄于新昌大佛寺

大佛寺

梦游天姥醉诗仙，
四百唐人著史篇。
古刹佛前相对证，
曹娥江水和千年。

2018.4.17 摄于苏州大学

四访苏州

勾吴之地远名扬，
鬼斧神工享誉昌。
拙政园中说御史，
寒山寺里话唐郎。
太湖水润姑苏秀，
苏大学渊百岁长。
夜访平江穿水巷，
评弹吴语调弦觞。

2018.4.24 摄于泰州梅兰芳纪念馆

泰州随感

苏中门户泰州城，
落雨听琴水谱声。
古镇溱潼三县界，
药城大道雀巢篷。
凤墩梅苑兰芳馆，
名旦芳音绕耳腾。
国泰民安直取意，
大炉烧饼古街烹。

2018.5.9 摄于保定直隶总督部院

参观直隶总督部院

曾前李后两师生，
直隶总督任上行。
李卫当官清自许?
莲池书院佐芳名。

2018.5.24 摄于广州中山纪念堂

中山纪念堂

南风吻脸臆如绸，
绿叶依根挽穗抽。
革命征途虽漫漫，
三民主义筑琼楼。

2018.7.20 摄于烟台九丈崖月牙湾

长岛行

长山列岛汇黄渤，
瀚海披霞浪袅娜。
九丈崖前鸥伴鹭，
月牙湾畔抚轻波。

2018.8.7 摄于顺义崇国庄

绕道买瓜记

瓜田菜地采摘忙，
驻脚停车买卖商。
年穀丰孰今岁旺，
农民自给不慌张。

2018.8.25 摄于北京

戊戌中元节

中元北魏始得名，
千盏河灯万语倾。
拜祭先人茔未至，
玉渊潭水蘸哀情。

2018.9.13 摄于临沂天宇自然博物馆

平邑行

颛臾村畔九间棚，
宗圣曾参南武生。
平邑侯国西汉置，
蒙山沂水自然成。

2018.9.19 摄于平度滑溪头村

滑溪头村

溯源品质访田间，
平度花生粒饱甜。
寻觅酱心千里走，
食材精选主新鲜。

2018.9.27 摄于呼伦贝尔成吉思汗广场

海拉尔之行

呼伦贝尔大草原，
丰美优良牧场源。
蒙汉语言聊史话，
成吉思汗盛名传。

2018.10.3 摄于日本东京有明国际展览中心

东京会友

有明会友四方来，
食品开发纵队排。
铁塔齐明稠夜色，
东瀛上野满情怀。

2018.10.4 摄于日本东京大学文学部

游东京大学有感

东洋文气满园香，
古往今来固友邦。
文字渊源何创制？
大唐经卷到扶桑。

2018.11.5 摄于美国旧金山

行走在 1 号公路上

阳光鸥鹭伴同行，
三五游侠踏浪轻。
渔人码头成双对，
湾区圣塔只单擎。
海豚喷水花飞溅，
松鼠觅食语不惊。
拍岸惊涛托落日，
霞光万道洒海平。
闲走他乡忙记录，
图求来日忆长情。

2018.11.6 摄于美国旧金山优胜美地国家公园

优胜美地国家公园

优诗美地画公园，
上覆冰川下引泉。
金色霞光芒万丈，
千枝彩叶扮池渊。

2018.11.7 摄于美国斯坦福大学

漫游硅谷

加州纳帕酒甘甜，
漫步云中看大片。
斯坦福红杉烙印，
诺贝尔奖状铭篇。
谷歌检索全球网，
苹果隔空智物联。
帕拉阿图闲适与，
无门名校美食鲜。

2018.11.8 摄于美国亚利桑那州佩奇羚羊谷

羚羊谷

印第安人土著区，
岩石谷壁叹居奇。
红砂火炭真颜色，
地下天堂万古稀。

2018.11.8 摄于美国亚利桑那州佩奇马蹄湾

马蹄湾

悬崖直下三百余，
碧水蓝天转角渠。
红土绿河天作曲，
马蹄湾景自然焗。

2018.11.10 摄于美国内华达州拉斯维加斯

拉斯维加斯印象

绿洲沙漠美西城，
博彩风情不打更。
极尽奢华随处有，
无痕昼夜是常生。

2018.11.11 摄于美国旧金山唐人街

挥别旧金山

闻名遐迩世博城，
璀璨金门艺术萌。
天下为公高系挂，
唐人街上复华风。

2018.11.14 摄于眉山中国泡菜城

中国泡菜城

三苏故里蜀眉州，
泡菜名扬五大洲。
彭祖东坡三千载，
味香天下万家粥。

2018.11.22 摄于长沙橘子洲头

橘子洲头

稻之源起澧阳田，
楚故泽国稔岁添。
岳麓橘洲天问再，
苍茫大地换新天。

2019.1.4 摄于湖州泊月湾

湖州映像

一支湖笔写春秋，
陆羽茶经冠五洲。
风月菰城吕硕墨，
江南清丽数湖州。

2019.3.30 摄于北京广播大厦

己亥之春

红情绿意互撩春，
赛特青葱驭比伦。
廿六韶华倏地远，
燕云旧韵荡无存。

2019.4.5 摄于北京

今又清明

斜风细雨和泥汤，
翠柏苍松伫祭堂。
星点烛光非景致，
花间茉莉亦无香。

2019.4.14 摄于长治上党门

上党门

太行山上最高门，
云动风驰旧址存。
炎帝耆国尝百草，
长平之战震名闻。

2019.4.16 摄于平顺西沟村

西沟村

太行山上小山村，
红色西沟绿并存。
互助组合生诞地，
纪兰模范事耕耘。

2019.4.18 摄于杭锦后旗头道桥镇

参观科技小院

水城天赋草原风，
塞上江南五谷丰。
小麦苗情勤𫗴看，
田间细作贵精耕。

2019.4.24 摄于黟县宏村

水墨宏村

白墙黑瓦小溪流，
卧虎藏龙大肚舟。
柳色塘沿排画板，
牛肠水圳布石沟。
亭前古树春来早，
天井朝霞洒木楼。
徽派民居承写意，
南湖丽影自赓酬。

2019.4.24 摄于黄山郭村

古驿郭村

夜半蛙声连片起，
清晨鸟语脆窗前。
郭村美驿徽邮站，
古道仙踪巷陌阡。

2019.4.25 摄于黄山麻川村

麻川村

麻川陆路不通邮，
水上漂移探所由。
解困茶农之顾虑，
邮村共建再无忧。

2019.4.26 摄于桐城六尺巷

六尺巷

六尺巷彰廉让礼，
清真雅正喻桐城。
主题邮政今光复，
远近乡邻仿古风。

2019.5.23 摄于前门大栅栏

前门大栅栏

五百城坊史，
明清古韵廊。
花茶香釉盏，
老号焕新妆。

2019.6.6 摄于通州西集

李準文献纪念馆初创

名篇巨作李双双，
影视文坛盛誉彰。
李準全集传后世，
研学经典品华章。
河南洛理曾私祭，
故里麻屯访旧乡。
文献收执逐进涨，
民间纪念创初坊。

为筹集馆内资料，同学杨立娟前前后后为期两年一起赴洛阳等地收集和整理资料。

2019.7.14 摄于北京平谷四座楼

熊儿寨探险记

上宅文化注先民，
丫髻山前访友邻。
太岁亿年今漫品，
崎岖野径适闲吟。

2019.7.24 摄于上海外滩

外滩有约

天风沐浴海涛听，
溢彩流光水上行。
雨夜张江奇巧遇，
滩头黄浦续乡情。

2019.8.30 摄于大同云冈石窟

云冈石窟

莫高之后访龙门，
今日云冈问路人。
三代京华仍仿古？
两朝重镇永精神。
山河灵气集云谷，
日月精华聚宝盆。
昙曜五窟瑰北魏，
平城雁塞适嘉辰。

2019.8.31 摄于浑源悬空寺

恒山悬空寺

人天北柱御恒山，
五岳威名屈指间。
千仞崖间藏古寺，
奇悬险巧画中攀。

2019.9.1 摄于大同梁思成纪念馆

梁思成与林徽因
——中国古代建筑探寻

思成访大同，
唐构展恢弘。
旷世佳人伴，
人间四月中。

2019.9.2 摄于忻州五台山

五台山

清凉山里古清凉，
写字崖边水拓章。
浩海轻烟香客广，
群峰峭壁寺林光。
钟鸣仞嶂声声远，
人语云霄句句长。
九月乘风登紫府，
五台诣访四游方。

2019.9.4 摄于太原晋祠

晋 祠

晋祠晋起源，
营造两千年。
难老泉难老，
唐碑序序言。

2019.9.25 摄于成都杜甫草堂

成都印记

廿年卅度入川都，
蜀道之难化了无。
扶掠草堂思广厦，
经由武侯念茅庐。
都江堰畔疏流水，
宽窄途中览黛屋。
铜宴齐筵觥盏举，
芙蓉满镜月明湖。

2019.10.1 摄于北京

庆祝新中国成立 70 周年

七十盛诞九州腾，
四海欢歌五岳登。
首授勋章沉甸甸，
国家荣誉亮铮铮。
天安门上红旗展，
金水桥边礼赞声。
壮丽家园披锦绣，
扶贫脱困亿家丰。

2019.11.11 摄于眉山三苏祠

三苏祠

四临首次拜三苏，
千古文章饱览读。
古木扶疏幽茂苑，
翠竹掩映绿通途。
文渊有道门楣显，
学薮无题墨客逐。
浪迹天涯凌壮志，
大江东去笑江湖。

2019.12.26 摄于北京南苑机场

回望2019

二零一九近年关，
回望经途有哪般？
南北西东听瑟汩，
江河湖海绕群山。
沙棘石上含朝露，
茶叶湖中遡九川。
塞上江南风景异，
基层蹲点顿幡然。

2020.1.5 摄于月半弯

月半弯雪景

白日喧嚣夜半宁，
一年四季引蝶蜓。
今宵初雪痕方印，
脚踏红砖绿戴莹。

2020.1.14 摄于北京西站

回家过年

人头攒动笑盈堂，
年货成山挡路廊。
西走东奔归故里，
南腔北调话家乡。
千顷沃野无心看，
万里黄河侧目旁。
望眼欲穿年已到，
阖家团聚心飞扬。

2020.9.11 摄于北京齐白石故居

跨车胡同

高楼耸立院门孤，
保护及时未铲除。
初访寻求拆字果，
次临拜会画魂殊。
三来晚辈追前事，
四至闲人漫古都。
墨饱笔酣神韵在，
白石传艺凤霞徒。

2020.10.10 摄于九江濂溪

热烈祝贺胡玢《江南莲语》新书发布

江南莲语萃华章，
细数流年日月长。
山水清音涵畅志，
梅茨和唱永流芳。

注 畅：特指胡玢女儿邹畅；梅：特指家父胡代梅；茨：特指家母汪茨英。新书发布会上，胡玢的细哥胡帆、姐姐胡月英、大弟胡凯等亲临现场，小弟胡冀致电祝贺。

2020.10.23 摄于北京菊儿胡同

菊儿胡同

新华分社老楼居，
一度浔情寄递区。
进进出出黄卷发，
三三两两侃时局。
桔橘洁事成前事，
路邸街条史册余。
往日叮咛胡同口，
今朝老外问何需。

2020.10.26 摄于虎坊路甲 15 号

虎坊路甲 15 号

藏龙卧虎虎坊桥，
显赫声名震九霄。
采访开通来往路，
求学遇见美食肴。
三年五载烟云过，
十里八乡著作交。
大腕名家集聚地，
高知楼里铁生骁。

注 “铁生”为著名作家、编剧李準原名。

2020.10.27 摄于西安大雁塔

再回长安

秦腔汉赋唱长安，
雁塔唐宫夜向阑。
峻峭巍峨秦岭廓，
平畴沃野渭河滩。
歌台暖响烟斜绕，
秋月凌空雾远翻。
瓦缝参差陈旧貌，
钩沉历史省三番。

庚子九首

庚子立春日

隔江遥望楚天郭，
闭户封城免网罗。
南北西东空万里，
五湖四海禁穿梭。
人人自律方为策，
处处精心稳定夺。
庚子立春新气象，
全民抗疫护家国。

2020.2.4

武汉封城一月

窗含荆楚卅余天，
月影白衣照无眠。
平地惊雷春乍暖，
乌云除却待日掀。

2020.2.23

庚子春分

桃红柳绿半分春，
疫去潮来翠碧浔。
九派诗廊千古韵，
携锄提篓辟原畇。

2020.3.20

庚子清明

风摧雨落艳红残，
乌咽崧高岫壑寒。
隔世廿八惟拉泪，
离殇次第扩溪岚。

2020.4.4

庚子谷雨

春花遍洒杏林中，
战疫之歌四海同。
文祖仓颉成字日，
中华节气此独钟。

2020.4.19

致敬珠峰测绘人

方寸珠峰顶，
觇标立窄坡。
六十年史话，
测绘者笙歌。

2020.5.27

2020 年 12 月 8 日，中国、尼泊尔两国向全世界正式宣布，珠穆朗玛峰的最新高程为 8848.86 米。

庚子端午

庚子端阳望汨罗，
九歌天问再题说。
离骚汉北直臣史，
朝饮夕餐练要琢。
置闰嘉年犹感慨，
地球村落碎婆娑。
粽横四海凭阑竢，
节日安康祝谢多。

2020.6.25

铭记这一天

沈阳郊外柳条湖，
炮火硝烟覆绿芜。
勿忘国殇当永志，
八十九载奋疾书。

2020.9.18

庚子双节

中秋国庆喜同逢，
日月交辉分外隆。
丹桂倾香千万里，
天涯银汉共和融。

2020.10.1

食界情怀

（以结缘先后为序）

燕京情

四十余载酿风华，
大步跻身入世花。
科技创新开市场，
智能制造闯天涯。
京华遍洒琼浆露，
各地齐开清爽闸。
双奥高飞激浪涌，
翱翔春燕醉丹霞。

双汇情

众口一词火腿肠，
声名远渡太平洋。
全球猪肉独家大，
世界厨房有道行。
一日三餐吃四季，
五洲四海品八方。
纵观双汇风云录，
定海神针主业长。
漯河廿二时常往，
食品之星日益昌。

国珍情

国珍臻品始烟台，
秀色松花阜盛开。
军转民来堪范例，
安康保健矢情怀。
青山绿水藏原料，
技术前沿铸品牌。
廿五春秋名四海，
精华荟萃桂冠摘。

光明情

辛亥申城创可的，
百年品质两兼得。
中国乳业风云史，
科技光明率轸辙。
乐在新鲜垂美味，
健康共享范明德。
初心暖爱家家润，
使命担当户户泽。

康师傅情

跨海入津门，
春风画黛痕。
一包方便面，
百款美食珍。
南北西东客，
江河湖海宾。
成人之美论，
远近绽缤纷。

完美情

祖国发展系华侨，
创业投资馈运桥。
守护健康初始愿，
高端品质并肩挑。
追求完美忠承诺，
引领潮流汇瑾瑶。
桑梓情怀深似海，
慈心善举共光昭。

美食周刊情

青春筑梦美食章，
遍布京城报摊坊。
克己奉公焉有过？
人间正道是沧桑。
今宵昨夜清扬婉，
云雀空中展雾裳。
流转芳华昔往忆，
潮汐廿二瑟琴殇。

中国食品安全年会情

食安路上矢同航，
万众一心补短长。
岁岁年年风雨路，
朝朝暮暮暑寒忙。
新题旧话时常论，
百姓餐桌聚力商。
四海五洲多变幻，
三餐四季飨安康。

后记

当开始写此文时，我的心中有一种如释重负之感。尽管其不甚完美，但也很享受这份喜悦之情。回首往事，历历在目。对我而言，这是一次艰难的跋涉，更是一次重遇自己的过程。创作中，总感觉自己才疏学浅，语言贫乏无力、平仄不够严谨。但从拍照、集照到改诗、定诗，虽显粗糙，我却用了自己百分之百的足力、心力与智力。

《旅之痕》一书由来，源于2017年元宵节的一次聚会。当时我到早了，便趁着空隙去了国家图书馆。之后就写了四句“元宵节日至/对面国图叙/信步阅读区/书墙前凑趣”便是缘起，这首旧体诗成了本集唯一一首仄韵诗。

斜阳古道，芳影相从。之后的日子里，我一边行走，一边将30多年来学习之地、工作之所、采访之处、旅游之景的感怀与体悟一一用旧体诗呈现，便有了今日的《旅之痕》，共计160余首，集五言、七言多种句式，以拍照先后为序。其中，也将异国足迹和自己钟爱的“食界情怀”赋诗寄情。然因时间关系，很多旅途未曾留下痕迹。

在此，还需要特别说明的是，很多人写旧体诗都有注解，而我却没有。只因自己真性情，无论旅行还是写作，都是随心、随意，不受任何条条框框约束。

凡事过往，皆为序章，重遇自己。其实，每个人都有自己的旅之痕：有高光之时，有平淡之刻，更有孤寂之感。但每一段旅程，都藏着或温馨或浪漫或曲折或悲伤的故事。

讲好旅途故事，走好人生旅途。这是一个终点，也是一个起点。“路漫漫其修远兮，吾将上下而求索。”谨以此文献给所有关心过、帮助过、支持过我的人。感谢你们的一路相伴！一路同行！

2020年11月18日于北京